Historia de un perro llamado Leal

忠犬人生

路易斯．賽普維達（Luis Sepúlveda）／著
馮丞云／譯・徐家麟／繪

晨星出版

推薦序

貓頭鷹親子教育協會創辦人 李苑芳

今天，我讀這本書的第一個章節給一個小學五年級的孩子聽，這個住在台東偏鄉的孩子，聽得入神。當我讀到：「棲息在樹上的貓頭鷹孔孔，開始模仿風的聲音……」時，我問，你知道貓頭鷹怎麼模仿風的聲音嗎？瞬間，他的嘴裡發出咕嚕、咕嚕的喉音所混搭而成的「呼~呼~」聲，眞切得猶如貓頭鷹一般。原來，鄉間孩子是如此的貼近大自然！

讀完第一章，媽媽叫他去寫作業，坐在曬穀場邊寫功課邊跑來跑去的他，一聽到我說：「等你寫完功課，就來找我朗讀第二章給你聽！」他立刻跑到小桌前，埋頭寫起功課來。我站在屋裡問他：「你覺得我要爲這本書寫推薦序嗎？」他大聲回答：「要！」「你不覺得這本書聽起來太艱深，太無趣嗎？」「不會，有趣極了！」

因爲這個孩子，讓我看到自己的「狹隘」。之前我以爲這本書，對國小生而言太過沈重了；沒想到，這個小五的孩子卻如此喜愛！後來問他對這本書的觀點，他說：「它讓我學會『感謝』！」

我接著他的話，說：「對喔，所以，以後我們要切麵包之前，要先感謝爸爸辛苦賺錢，再感謝媽媽騎車出去買回來給我們吃！」話還未說完，孩子就鑽到媽媽的懷裡，用力地抱著她，顯然，這孩子已發自內心，湧現感恩之情了～

一本好書，總是能準確的貼近角色的觀點來撰寫；這本書從頭到尾，充斥著各種不同的「氣味」，透過嗅覺帶著讀者進入主述者「狗」的視角，從情感到萬物所散發出來的氣味，透過它感知我們所忽略的細節！在作者細膩的筆觸中，生命充滿了愛與感恩之情。例如書中提到：「抓山鼠**屯杜庫**對我來說一點也不難，我一口就能把牠給咬死，但是在吃掉牠之前，我回想起以前從**大地的子民**身上學到的事情，先輕聲咕噥了一番。因爲那些**切**，那些**大地之子**在砍樹前，會先跟樹木**阿里溫**道歉，還有在剪羊毛之前，會先跟綿羊**烏非薩**道歉。屯杜庫啊！我也請求你的原諒，請你原諒我拿你的身體來充飢。」那字裡行間，即便是描述肉弱強食的段落，也洋溢出對每一個生命無比的尊重；這些，或許只有得懂與大自然共生的**大地之子**才會擁有的情懷！這些智慧，透過故事和歌謠，在長老的說唱中，一代代的傳遞下去。

只是，在強勢族群鋪天蓋地的席捲下，各地原住民的文化和語言正迅速的消逝中；聽故事長大的作者，將耳熟能詳的故事撰寫出來，爲了留住族人的語言，特地將馬普切語穿插其間，在他充滿節奏的筆觸下，讓人讀來毫不牽強，有如行雲流水般的自然。這讓我想到台灣人在書寫本土文學時，刻意的透過「造字」的方式來呈現「母語」的寫作法；只是，那些陌生的「字」，成爲讀者在閱讀時，難以跨越的隔閡和障礙；作者藉由眾所皆知的強勢語文，書寫了這個少數民族馬普切人的故事，再讓人在閱讀的過程中，自然而然地接觸到馬普切語，這種不著痕跡的手法，是值得我們學習的；畢竟，使用廣大閱讀者的文字，才能夠讓更多人知道那即將消逝的文化，那遠古的智慧，才能夠源遠流長，不是嗎？

前言

這是一本拖欠多年的書。我總認爲自己之所以投身寫作，是因爲小時候有好幾位祖父輩的長輩都會說故事給我們聽。我有一位叔公，他的名字是伊納修．卡富庫拉，他住在遙遠的智利南部，在阿勞卡尼亞或稱**瓦瑪埔**的地方。他是**馬普切**族人，**馬普切**是兩個字拼起來的，**馬普**是指大地，**切**指的是人，意思是**大地的子民**。伊納修叔公會在傍晚的時候，用馬普切語跟族裡的孩子們說故事。其他族人說的族語我沒辦法完全聽懂，但我聽得懂叔公說的故事。

故事裡有狐狸、美洲獅、禿鷲、鸚鵡，而我最喜歡的，是描述山貓**維格納**的故事。我能聽得懂叔公的故事，是因爲儘管我不是在阿勞卡尼亞，或者說瓦瑪埔出生的，但我也是馬普切人。我也是**大地之子**。

我也一直希望能在傍晚時分，坐在河邊，向馬普切族的孩子們說一個故事。我們可以一邊嚼著南洋杉堅果，一邊聽故事，喝著從果園裡鮮採榨取的新鮮蘋果汁。

現在，我的年紀已經跟當年的伊納修．卡富庫拉叔公一樣大了，我想跟各位說個故事，是關於一隻從小跟著馬普切人長大的狗兒，**阿夫茂**——「小忠」的故事。

那麼，就讓我邀請各位一起前往阿勞卡尼亞，前往瓦瑪埔，一探**大地之子**的故鄉。

獻給我的孫兒丹尼爾、加布列爾、我的孫女卡蜜拉瓦倫汀娜、奧蘿拉以及山謬爾。

獻給我故鄉馬普切族的小兄弟們。

第一章

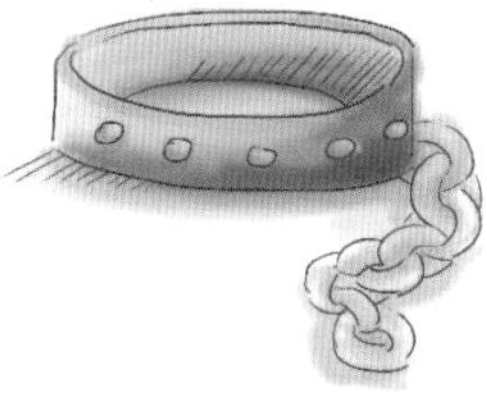

這些人心裡很害怕。我會知道是因爲我是一隻狗，他們恐懼的酸味直衝我腦門。恐懼的味道聞起來永遠都一樣，不管是人因爲害怕黑夜而感到恐懼，還是山貓**維格納**在灌木叢間悄聲移動時，貪吃的老鼠**瓦蘭**所散發出來的味道，都是同樣的一股酸味。

這些人恐懼的酸臭味實在太濃了，擾亂了風從深林中拂吹而來的潮溼泥土味，樹木和植物的氣息，野生漿果的香甜，還有蘑菇和苔蘚的味道。

晚風中同時也有一絲逃亡者的氣味，儘管氣味淡薄，聞起來不太一樣，像乾燥的木柴，像麵粉和蘋果，像我所失去的一切。

「那個山地人躲在河的另一邊，我們要不要放狗出去？」一個男人問道。

「天色太暗了，黎明一到我們就放狗。」領頭的男人回答道。

他們分成兩組，一組圍繞在升起的營火旁，嘴裡不停地咒罵潮溼的木頭；另一組手中拿著武器，眼睛望向黑暗的森林，但是那裡除了黑暗，什麼都沒有。

我挑了一個離他們遠遠的地方趴了下來，雖然心裡也想靠溫暖的火堆近一點，可是我得避開營火冒出來的煙霧，因爲濃煙會讓我眼睛看不清楚，鼻子也會聞不出風中不斷改變的氣味。這些人生的火很糟糕，火很快就會熄滅，他們不知道**列木**森林裡，可以找到很好的乾木柴，只要好好地拜託森林，對它說**馬木爾**，**馬木爾**。森林就會明白這人冷了，允許他生起溫暖的火來。

我豎起耳朵傾聽，聽見河**流浮**從山間流下，聽見躲藏於另一端石頭間，青蛙濂其的低沉叫聲。不久後，棲息在樹上的雕鴞*孔孔，開始模仿風的聲音，蝙蝠平紐凱搧著翅膀，邊飛邊捕食夜晚的飛蟲。

這些人害怕森林裡的聲音，他們不安地躁動著，害怕得無法休息。我聞到恐懼刺鼻的酸臭味，想試著離他們遠一點，但脖子被套上了一條鍊子，另一頭拴在一根樹幹上，讓我沒辦法離得太遠。

「我們要不要給狗吃點什麼？」其中一人問道。

「不用。讓狗餓肚子狩獵，效果比較好。」領頭的男人回答道。

我閉上雙眼，儘管又餓又渴，但我絲毫不在意。我不在意對他們來說我只不過是一條狗，也不期望他們除了鞭打我之外，還會給我什麼。我不介意，因爲在黑暗中，我聞到了一股細微的香氣，聞起來就像我所失去的過往。

＊貓頭鷹的品種。

第二章

我夢見自己早已遺忘的過去，夢到我掉落在雪地裡的那一天。那一天很冷，在我掉落前，我被人包在一個溫暖的羊毛包裡背著走，不時會有人過來看看我，說：「小狗崽的狀態不錯，以後一定會長成一條厲害的大狗。」

而我眞正的記憶是從掉落到雪地上那一天開始的，不過有時候，我會突然想起在那之前的一些片段，記得有人把我挨近到一個溫暖的身體旁，我看到自己和其他幾隻跟我一樣的小狗狗，緊抓著會流出溫暖甜美乳汁的乳頭不放。

人們沿著只有他們才認識的陰暗小路穿越高山，他們騎乘強壯的馬匹，馬匹上載著味道好好聞的東西：馬黛茶葉、麵粉和肉乾。這些味道參雜著馬身上酸酸的汗味。

穿越山坡時，我從袋子裡掉了出來，可是沒有任何人發現。寒風吹散了我微弱的叫聲，我試著追在馬的後頭，但身體頻頻陷進雪地裡，我跑得筋疲力盡，累到癱倒在地上，我感到體溫逐漸流失，雪漸漸覆蓋我的身體，雪花與睡意緩緩降臨，我不禁閉上了雙眼。

等到我渾身發抖醒來時，夜色已籠罩整片山頭。我感覺到溫暖溼潤的舌頭舔過我全身，同時還有鼻子不停地嗅聞我。我已經不太記得當時的情況了，但還記得自己感到一陣莫名的恐懼，忍不住縮起身體，可是那溫暖的舌頭舔走了我的寒冷和驚恐，等身體不再發抖時，便感覺到尖銳有力的牙齒輕輕叼起我的後頸。我被叼到一個山洞裡，救了我的美洲虎**納威爾**讓我待在山洞中，跟我分享牠龐大身軀的體溫。

日子接著過了好幾天，我一直都待在美洲虎納威爾身邊，看著外面的積雪反射進來的光線，當山洞外的一切全沒入夜色中後，美洲虎納威爾會離開洞穴，過一會兒便帶著一動也不動的小狐狸**輕赫**或小鹿**衛木爾**回來，與我分食尚有餘溫的獵物。

美洲虎納威爾會用爪子推推我，或用頭測試我的力氣，我那時已經可以穩穩地以四隻腳站起來了，後來還敢離開山洞，在結冰堅固的白雪上跑個兩圈。

有一晚，月亮**屈顏**的光輝照映在雪地上，照得四下一片銀白，一點陰影也沒有。美洲虎納威爾又用牙齒叼起我的後頸，帶著我往山下走去。

我驚惶地發現我們離溫暖的山洞越來越遠，害怕地吠了幾聲，請求牠往回走。這時美洲虎納威爾把我放在地上，低喝了一聲。我，懂牠的意思了。

「山上不適合小狗崽**比吉崔瓦**。你跟馬普切族人，跟**大地的子民**在一起會比較好。」美洲虎納威爾低吼著，說完後又繼續帶著我往山下走。

第三章

清晨時分，眼前的人們開始朝彼此發脾氣。認爲火堆在夜裡熄滅都是別人的錯，害溼氣穿透衣服，滲透到骨子裡去。濃霧中，森林一片寂靜，清晨的微弱光線點亮了天際。

有人切了塊麵包朝我丟過來，但在我咬到麵包前，領頭的男人走上前，把麵包扔得遠遠的。

「我跟你說過要讓狗餓著。」

「那山地人應該已經離開了，他對這片山林瞭若指掌。」給我麵包的人辯解道。

「那個山地人受了傷，走不了多遠的，我說他還躲在森林裡，他就還躲在森林裡。放狗去追。」領頭的男人命令道。

他們鬆開我身上的鎖鍊，我衝到河邊嗅聞，在苔蘚和地衣、落葉松、假山毛櫸、南方山毛櫸和高山山毛櫸的落葉間搜尋逃亡者的氣味。腐化後的落葉成爲草木的養料，長成一片蓊鬱的密林。

逃亡者留下了很容易追蹤的線索。灑在幾片葉子上的血滴可以證明：他受傷了。我加快速度，漸漸遠離後方那些人。他們繞過河岸這一頭茂盛的樹林，跨過橫倒在地上的樹幹和石塊，舉步維艱地往前行進著。

他們正等著我的吠叫爲他們指引方向，我應該發出通知示意我已經循到線索，應該帶他們到逃亡者附近。但所有他們認爲我應該做的事，我一樣也沒做。我在地上趴下來，舔舐著從蕨葉間滴下來的水珠。我靠這幾滴水勉強解渴，無視於「狗！狗欸！」的喊叫聲。

當身旁的鳥兒突然噤聲時，我知道他們靠近了，我趕忙跑離逃亡者的線索。此時霧氣消散了，整片森林陷入一抹陰鬱的深綠裡。

我從**大地的子民**馬普切人身上，學到綠色有許多不同的深淺色澤，落葉松松針的綠色和青草的綠色是不一樣的，可是我分不出來，因爲我是一隻狗。但當我抬起頭來，可以透過樹冠間的空隙看到幾塊灰色的天空。我把那些人帶到河面最寬的地段，然後吠叫了好幾聲通知他們過來，用吠叫聲通知他們逃亡者已經渡河到對岸去了。

「幹得好啊，狗子。」領頭的男人說著，朝我丟來一塊麵包，我立刻狼吞虎嚥地吃光那塊麵包。

我好餓，我已經肚囊空空，瘦得只剩下皮包骨了，但我絕不會用祈求的眼神看著他，不會跟他再多討一口食物吃的。

我朝著對面河岸吠叫，邊叫邊瘋狂地搖著尾巴，豎起背上的毛。

「那山地人就在附近，狗已經聞到了。」領頭的男人說道，命令我去追那名逃亡者。

我聽他的話開始跑，衝進水裡游到對岸，然後沿著河邊的灌木和粗壯的樹幹跑，跑得離線索越來越遠。他們跟著我下水，河水淹到他們的腰，他們身上還帶著武器和其他東西，我能感覺到他們渡河時喘不過氣的呼吸和笨拙的腳步。我繼續跑，邊跑邊吠，催著他們跟上來。等我聽不到他們的腳步和咒罵聲時，我就吠叫得更響亮。我很清楚領頭的男人不會讓他們停下來休息，他一定會逼著他們繼續追，沒有人想落在後頭，因爲他們都害怕這名逃亡者，害怕森林，害怕林中傳來的各種聲音。這份恐懼將他們凝聚成一個向心力很強的群體。

當我抵達一片寬廣的鵝卵石灘時，我嗅了嗅空氣，我有提到我的眼睛分辨不出不一樣的綠色色調，但我的鼻子可以辨別所有植物的香氣。我在空氣中搜尋想要找的味道，當那股味道直衝我腦門時，我便朝後方那些人大叫，催促他們跟上。

我邊跑邊吠叫，一路跑到那種只會長高，但沒有種子也不會結果的植物前，**大地的子民**稱這種植物為**科立威**，而其他人稱這種植物為竹子。

我朝竹林深處前進，遠離河岸，我幾乎得縮起身體匍匐前進，這樣才能避開低矮處的枝椏，因為竹子的枝椏既細長又有彈性，而且葉子很硬，一不小心可能會刮傷我的眼睛。我心裡明白那些人一定會走得很辛苦，因為科立威長得很密集，枝幹間的空隙小到人類幾乎沒辦法擠過去，何況他們還帶著那麼多累贅的東西，那些東西除了妨礙行動，讓他們走得又累又生氣以外，一點用也沒有。當我勉強能聽到他們「狗！狗啊！」的叫聲時，我便吠得更用力、更起勁，彷彿獵物已經近在嘴邊一樣。

我趴下來等著。我知道我剛剛的吠叫聲能夠催他們加快速度趕上來，而他們在途中遇到的每一個阻礙，都會加深對逃亡者的恨意。直到感覺他們走近時，我才小心翼翼地踩著腳步，偷偷經過他們身邊，沿著原路回到河岸。

「欸狗！狗啊！」他們困在科立威濃密的枝幹間，不知道下一步該往哪裡走，焦急得喊叫。

第四章

清澈的河水流過長滿青苔的岩石，我喝了幾口河水後開始找吃的，我得吃東西才會有力氣。

抓山鼠屯杜庫對我來說一點也不難，我一口就能把牠給咬死，但是在吃掉牠之前，我回想起以前從大地的子民身上學到的事情，先輕聲咕噥了一番。因為那些切，那些大地之子在砍樹前，會先跟樹木阿里溫道歉，還有在剪羊毛之前，會先跟綿羊烏非薩道歉。屯杜庫啊！我也請求你的原諒，請你原諒我拿你的身體來充飢。

我吃得很快，但沒有狼吞虎嚥，我從屯杜庫溫暖的身體攝取牠的熱量和能量。剩下來的骨骸會變成幼鷹囊庫的佳餚；相對地，有時候當納姆庫在廣袤的空中遨翔時，屯杜庫會拿牠們的蛋來當食物。

當我再度開始追蹤逃亡者的線索時，聽到一陣撼動森林的聲音。

那是**特拉坎**，是暴風雨前夕的雷聲。我知道一旦下起雨來，就很難繼續追蹤線索了，因爲大地**馬普**會心懷感恩地張開所有毛細孔，那時候除了她欣喜的氣味之外，什麼也聞不到。

我找了一根粗壯的樹幹，窩在樹底下避雨。然後開始思考爲什麼逃亡者的味道會讓我想起我失去的一切。我心酸地回想著我所失去的過往。大雨還在下個不停，令我昏昏欲睡。接著，我做了一個夢。

我夢到自己挨在火堆旁，半夢半醒地享受著溫暖平靜的火光。火

堆旁還有其他人，好多男女和孩童專注地聽著講者說話，邊聽邊嚼著高大的智利南洋杉**佩溫**的堅果。他們在討論我。

長老們都在講，說強壯靈活的美洲虎納威爾從牠棲息的地方，屬於**納威爾富塔**的山脈下來了。當然了，在**大地子民**的語言馬普切語中，納威爾富塔就是巨大的美洲虎的意思。

一切都發生在一個寒冷的早晨，那天起了很濃的霧，濃到看不見樹木的枝椏和白雪覆蓋的山頂，視線只能勉強看到通往路喀的小徑。**路喀**就是馬普切人位於大湖邊的房子。長老們還說雖然美洲虎來了，但狗群卻不叫，人們擔心美洲虎會傷害綿羊，趕緊大喊「**崔瓦！崔瓦！**」，意思是「狗啊！狗欸！」催著狗群快吠。儘管人們大聲催促，但這群狗並不害怕美洲虎納威爾。那天清晨濃霧籠罩，狗狗們卻安靜地垂著頭，讓山上來的大貓一路走到第一間路喀小屋前，在向著東方大地**普艾馬普**的門前輕輕放下牠口中叼著的東西。之後，美洲虎納威爾低吼了一聲，便消失在濃霧間。

事情的經過就是這樣，另一名在夢中討論我的男子這麼說道。那間路喀小屋裡住的是**溫楚拉夫**，這名字的意思是「幸福的男子」，這位老人家也人如其名，他負責在**阿葉坎屯**的時候跟小孩子說故事。阿葉坎屯是部落裡每天進行的集會，人們在集會裡講述各種歡快的故事和歌謠，主題都是族人絕對不能遺忘的過去，因爲在這些父傳子、子傳孫的故事裡，蘊含著身爲馬普切人，身爲**大地之子**的驕傲。

溫楚拉夫聽到叫聲發現事有蹊蹺，便步出路喀小屋，傾身向前雙手抱起這個黑黑小小的身軀，輕輕拍撫了幾下，然後告訴大家這是隻比吉崔瓦，是一隻小狗崽。

整個部落的人都圍繞在溫楚拉夫和美洲虎納威爾留下來的神祕禮物旁。有些人說，儘管那天早上沒有吹起暴雨前夕的狂風，但是高山上卻傳來了天空的聲音卡夫特雷，另外還有其他人認爲，這隻小狗崽可能是天空之獅維努潘帶來的禮物。

溫楚拉夫請大家安靜下來。「最重要的，」他說道，「是小狗崽又冷又餓，而且牠跟大地上的神靈儂內馬普賜與我們的萬物一樣，是爲了我們好所以才帶來給我們的，我會心懷感激地照顧牠。」

我在夢裡感受到溫楚拉夫手臂的溫度，在我的回憶中，彷彿還能聞到路喀小屋裡的氣味：那是乾柴燒出的煙味，還有羊毛、蜂蜜和麵粉的味道。

我在夢中昏暗的路喀小屋裡，見到戴著一朵花的少婦金杜萊，她在餵一個人類的小崽喝奶，乳汁豐富的她看到我後，便往碗裡擠了些奶，然後把我叫過去。

我舔著那碗奶時聽到有人說：「你得到了一隻很好的狗，溫楚拉夫，我們希望牠以後可以長成優秀的牧羊犬，來保護你的羊群。」而年老的馬普切人回答道：「牠不是我的狗，牠是我孫子奧卡曼恩——自由的神鷲——的同伴。我們永遠都不會知道美洲虎納威爾是在哪裡找到牠的，也不知道牠的媽媽發生了什麼事，但我們知道小狗崽熬過了山上又冷又餓的環境。牠對生命蒙溫展現出一股忠誠，牠沒有屈服於死亡拉孔的邀請，所以我要替牠取名爲阿夫茂，在我們的語言裡，就是忠誠信實的意思。」

第五章

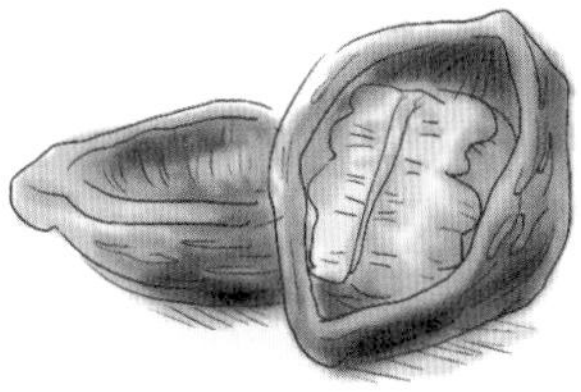

大雨依然不停地下著，我躲著雨，心裡盼望雨趕快停。我很喜歡下雨天，因爲雨水總能洗淨一切，有時當我回想起自己所失去的一切，還能感受到奧卡曼恩在暴風雨的夜晚，把我抱在懷裡的感覺。人類的小崽子跟我在一起時覺得很安全，而我則對雨水心懷感激，讓我能感受我兄弟**貝尼**對我的信賴。

我很喜歡這個人類的小崽子。尤其喜歡看他用兩腿站起來，在金杜萊和老人溫楚拉夫歡喜的目光中，踏出第一步的樣子。但我最喜歡的，是公雞**阿爾卡**啼叫著喚醒太陽**安圖**的那一刻，因爲在那時候，人類會馬上離開用綿羊皮毛鋪就的床榻，接著我會聽到金杜萊對溫楚拉夫說**馬里馬里朝**，「父親早安」的聲音，而老人家總是和藹地回她一聲**馬里馬里妮亞薇**，「女兒早安」，然後緊接著再來一句**馬里馬里孔**

普切，「大家早安」。他們兩人總會相視而笑，因爲這句話是對著奧卡曼恩和我說的。

金杜萊在等牛奶和水煮滾的時候，會往鐵鍋裡放兩把小麥並在火上烤，我每天早上聞到的第一股香味，便是烘烤過的小麥散發出來的焦香。然後她會把烤香的麥子放到小磨臼裡磨成粉，再把麥粉倒進碗裡，加入蜂蜜和牛奶，接著把好香好香的麥麩分成兩份，奧卡曼恩和我總是狼吞虎嚥地喝個精光。

我們一起渡過南半球短暫的夏天與漫長的冬日。我們一起從老人家溫楚拉夫身上學到，應該心懷感恩地面對生命。比如說，每當他拿起一條麵包，準備替自己和金杜萊切下麵包片之前，必定會感謝大地之神儂內馬普賜予的糧食**科夫凱**；小奧卡曼恩和我總是崇敬地看著這一幕。

夏天時我們經常跟著老人一起出門，心懷感恩地踏遍溪流與瀑布，深入森林和小徑，探訪魚兒和飛鳥，認識所有的生物。**大地的子民**馬普切人深知，大自然總是喜悅地歡迎人們到來，唯一的要求就是希望人們能懷著情感，用美妙的字眼替天地間的萬物命名。

我們在冬日感受雨水和冰雹滴在身上的觸感，默默傾聽雪花降下來的聲音，在路喀小屋溫暖的屏障下，待在屋中永不熄滅的火堆邊，感受幸福的滋味。起濃霧的時候，溫楚拉夫會告訴我們，籠罩大地馬普的濃霧就像一床滿載祝福的毛毯，正為大地準備著好多禮物，只等冬天的寒氣退回高山上之後，就會把禮物送來人間。

奧卡曼恩和我都是聽著老人家溫楚拉夫的故事長大的。他總是跟

我們說，到了新曆十月份——也就是馬普切人一年十三個月中的第五個月，我們稱爲羅格孔卡奇亞屈顏的月份——等太陽把大地儂內馬普曬得暖洋洋的時候，高高的橡樹瓦列的枝頭上，便會長滿一種大家都很喜歡，名叫迪維聶的甜美菌菇。他會教人類的小崽子該用什麼技巧朝樹枝拋擲硬木塊，才不會傷害到橡樹枝椏，他用的那種木塊是從桃金孃樹露瑪的枝幹砍下來的，質地非常堅硬。把迪維聶從枝頭上打下來的時候，就像下起甜甜的蜂蜜雨一樣。「但我們得小心，別讓阿夫茂把所有的菌菇都給吃光啦！」向來笑容滿面的溫楚拉夫一邊說，一邊梳理著從綿羊身上剃下來的毛，他身旁的金杜萊則用紡車把羊毛紡成毛線。

人類的小崽子奧卡曼恩好奇心很強烈，他稱呼母親的父親爲外公切德奇，而且總向老人家提出問不完的問題。「那堅果呢，切德奇？」他直問，「你也會教我怎麼採堅果嗎？」

溫楚拉夫總是能回答，他解釋說要享用堅果，得等到太陽安圖沒那麼耀眼，等大地的神靈儂內馬普叫太陽去休息的時候才可以去採。大概是新曆三月或四月的**紐乙武屈顏**，也就是馬普切曆裡盛產堅果的第十個月，那時候高聳的南洋杉上才會結出美味的果實。「但我們得有耐心哪！我的孩子**比吉切**，」溫楚拉夫說。「我有沒有跟你說過，南洋杉剛出生的時候，一年到頭都會結果子啊？但是那些果子通通都乾澀無味。於是大地之神儂內馬普就建議南洋杉，叫它們要有耐心，要很有耐心，所以高聳的南洋杉只有長到老人家的年紀的時候才會結果子。你，阿夫茂還有我，我們三個人會一起出發，到屬於我們的兄弟貝尼的土地上，到屬於我族佩溫切的土地上。佩溫是大地之神儂內馬普給南洋杉起的名字。在那裡，他們有更多的故事可以跟我們說，全都是關於這種偉大植物、堅果，還有山腳下的土地的故事。」

在舒適溫暖的小屋外降下一陣甘霖，在世界南方這一端，雨水一落地便會結成冰，在地面上形成如鏡般的一層霜雪。白雪覆蓋著茫茫大地，令人忍不住想待在火堆旁，繼續聽長者說話。

第六章

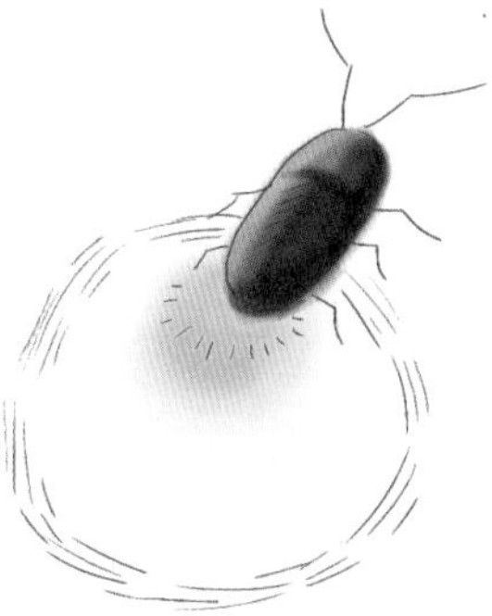

雨已經停了，森林再度盈滿各種氣味。我打算重新開始尋找逃亡者的蹤跡，但這時我警覺到幾聲聲響。那些人已經走出竹林又繞回來了。雨後的河面升高了一些，我看著他們涉溪而來。

他們罵罵咧咧地抱怨運氣不好，不但弄得渾身溼透而且身上還被刮出許多傷口，看起來又怒又累。他們的咒罵聲中，領頭的聲音壓過眾人，不停地罵他們是懦夫，一再強調他們只不過在追一個受傷的山地人而已。

我原本還信心滿滿地認爲他們會困在竹林裡，得花上好長一段時間才找得到出路，不過令人安心的是，他們所能找到的逃亡者足跡都被雨水洗刷掉了。我走近森林裡，刻意繞了一段路避免他們發現，等那群自認爲是我主人的人們安頓好過夜的地方時，我才慢慢靠過去。

我垂著頭、夾著尾巴走到他們附近。我擺出臣服的姿態來到領頭的男人跟前，忍受著他的鞭打懲罰。

「該死的狗！」他邊打邊罵，接著往我脖子上拴鎖鍊。

「別再打啦，狗幫我們帶路帶得好好的，那山地人跑得比我們快又不是牠的錯。」其中的一個男人說道。

「不用你管！我知道該怎麼對付這狗。」領頭的男人怒吼回去，再踢了我一腳才甘願罷手。

我盡可能在鎖鍊允許的範圍內，離他們遠遠的地方趴下，看著他們冷得全身僵硬顫抖著，好幾個人說覺得自己發燒了，而且餓得發慌。他們想生火，但徒勞無功，大雨過後地上一小片乾木柴都找不著。

他們因爲前進的速度緩慢而彼此推諉責任，咒罵天氣、大雨、竹林、森林和天空，他們罵得太難聽了，令大地之神儂內馬普動怒了，祂在降下新一輪暴風雨前劈了雷聲特拉坎下來。

這些人窩在樹幹旁拿橡膠布遮蓋身體，他們緊靠在一起分享彼此的體溫。領頭的男人一個人緊握著槍監視著森林，但是除了模糊不清的層層暗夜，他什麼也看不到。

我聞到他們焦躁不安的氣味。我聞到恐懼、饑餓，還有他們別無選擇吞下溼麵包時，感到滿腹噁心的氣味。

我趴著任雨水淋在身上，好平撫剛剛挨的那一頓毒打。天色不一會兒就暗了。我身上好痛，沒錯，但我並不難過，螢火蟲**曲戴瑪縷**是這麼告訴我的。儘管下著雨，但我還是看得到牠發出來的微弱綠光。

那群人都沒看到牠，不過牠就停在我鼻尖上，把牠身上微弱的熱氣分給我。

曲戴瑪縷要我定定地看著牠，好讓我記住逃亡者留下的蹤跡聞起來像乾燥的木柴、像麵粉、像蜂蜜，像我所失去的一切。

我閉上雙眼，綠色的光輝穿透眼皮盈滿我的視線，我在綠光中看到自己待在奧卡曼恩和溫楚拉夫身邊。一旁還有其他的人類小崽子，他們都是**大地的子民**，全都開開心心地來參加部落裡快樂學習的聚會阿葉坎屯，這位馬普切長者利用聚會的時間，跟他們講述萬物起源的故事。

當時奧卡曼恩九歲，我可能也差不多大。男孩一邊聽著外公切德奇講故事，一邊輕輕撫著我的頭。長者哼唱著歌謠，吟唱祝禱文還有述說重要的故事時，會輕輕敲擊圓形的**庫爾特隆**手鼓。他對孩子們講述**特蘭特蘭大蛇**與**凱伊凱伊大蛇**，爲了決定該由誰來掌管世間萬物的恐怖決鬥，由於戰鬥得太激烈、太久了，久到後來雙方都累了，最後決定由特蘭特蘭大蛇主宰大海，讓凱伊凱伊大蛇掌管陸地、山脈與火山。突然，從路喀小屋那邊傳來不尋常的聲音，打斷了溫楚拉夫對馬普切孩童講述的故事。

一輛車開到附近停了下來，一群人下了車。是陌生的外來者**溫卡**，他們不是**大地之子**，而且所有人手中都拿著槍。

領頭的男人朝溫楚拉夫說話，問他是不是頭目**隆柯**，是不是部落中懂最多，負責傳授知識與智慧，教導**大地的子民**的人。

溫楚拉夫命令孩子們站到他身後，然後用溫卡的語言回答說是，他就是頭目溫楚拉夫，是偉大的**卡富庫拉**的後代。

這群溫卡比了幾個鄙夷的手勢。他們對**大地之子**一無所知，他們沒有任何人會說馬普切語，也從來沒聽說過卡富庫拉的名號。卡富庫拉是藍色巨石的意思，他是一位偉大的頭目，光提到他的名字，就能令山脈與大洋兩端成千上萬的溫卡戰慄驚懼。

溫卡的領袖拿出一張紙給他看，說這張紙命令**大地之子**必須離開自己的村落，放棄擁有的房舍，獻上本就屬於馬普切人的一切：土地、森林、河流、湖泊、峽谷、果實、麵粉、牛奶和蜂蜜。

溫楚拉夫回應，他們腳下所踩的地面，到放眼所見的萬物，都屬於大地間的神靈儂內馬普，說**大地的子民**絕對不會離開。他繼續說道：「在以前，很久很久以前，曾經有一群來自北方的溫卡，他們是來自厄運之土鄔困馬普的外來者，我們與他們作戰，而且在獲勝後把他們給趕跑了。之後，又有一群來自西方的溫卡，他們是來自惡靈之地巡腐肯馬普的外來者，這群人帶來了你們所說的溫卡話和你們的神明，我們一樣戰鬥打敗了他們，迫使這些外來者接受和平。回去告訴你的頭目隆柯，我們**大地之子**是絕對不會離開的。」溫楚拉夫用我們從來沒聽過的語調說著，跟平常講述故事、哼唱歌謠時溫柔的嗓音完全不一樣。

這便是我、奧卡曼恩和其他馬普切孩子們聽到老人家說的最後幾句話，因為溫卡的首領一舉起槍，鮮血便從溫楚拉夫的胸口噴湧而出，流淌到**大地之子**的故鄉瓦瑪埔裡。

螢火蟲曲戴瑪縷發出的綠光照得我眼睛都溼了，但即使如此，我還是看到了抓住我脖子的那名溫卡，也看到奧卡曼恩抱著他倒下的外公，看著他直起身來想保護我，但那名溫卡很強壯，他朝奧卡曼恩的臉揮了一拳，把他打得在地上滾了好幾圈。

「這是隻純種狗啊，是德國牧羊犬。這些見鬼的山地人是從哪裡偷來的？」那溫卡說道。

我用眼神向螢火蟲曲戴瑪縷說著：我，就是在那一天，失去一切的。而牠用身上發出的綠光回應我，牠說在那天失去一切的不是只有我而已。

我看著奧卡曼恩、金杜萊和其他**大地的子民**悲痛地離開陷入大火的村子，好幾名拿著槍的溫卡在一旁監視著他們。我看著巨大的金屬怪獸夷平森林，摧毀了廣袤的列木林地。結滿迪維聶菌菇的橡樹、高大的落葉松、智利南洋杉還有常綠的聖樹冬木**弗伊克**成群倒下。

一切都毀了。

「阿夫茂！阿夫茂！」奧卡曼恩大喊著。最後一個從我記憶中淡去的便是他的聲音。

在我的眼皮底下，螢火蟲曲戴瑪縷的綠光對我說道：你飽受虐待的肉體已經活了好久了，幾乎已是那群溫卡把你從奧卡曼恩身邊帶走時，你年紀的兩倍了，但大地上的神靈儂內馬普決定要讓你活下去，直到你能夠找到他、幫助他為止。

請填妥後對折裝訂，直接投郵即可，免貼郵票。

廣告回函
台灣中區郵政管理局
登記證第267號
免貼郵票

晨星出版有限公司

407 台中市工業區30路1號

TEL：（04）23595820

e-mail：service@morningstar.com.tw

請對摺裝訂後寄出

姓　名：______

e-mail：______

地　址：□□□ ______ 縣／市 ______ 鄉／鎮／市／區 ______ 路／街

______ 段 ______ 巷 ______ 弄 ______ 號 ______ 樓／室

電　話：______

我要收到蘋果文庫最新消息　□要　□不要

我要成為晨星出版官網會員　□要　□不要

我是 □女生 □男生　　　　　　　生日：______________

購買書名：______________________________

請寫下您對此書的心得與感想：

□我同意小編分享我的心得與感想至晨星出版蘋果文庫討論區。
（本社承諾絕不會將您的個人資料外流或非法利用。）

貓戰士鐵製鉛筆盒抽獎活動

請將書條摺口的蘋果文庫點數黏貼於此，集滿3顆蘋果後寄回，就有機會獲得晨星出版獨家設計「貓戰士鐵製鉛筆盒」乙個！

點數黏貼處

活動詳情 http://www.morningstar.com.tw

第七章

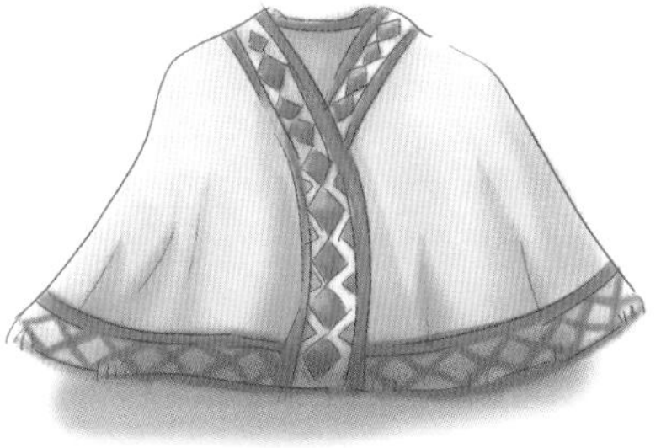

從那天起，那群溫卡剝奪了我生命中一切愉悅的事物，取而代之的，是多年來的痛苦與毆打虐待。

他們把我硬拖到一片讓人難以忍受的地方，沒有好聞的香氣，沒有森林，只有一些無法遮蔭的樹木，他們說那叫松樹。枝椏上一隻築巢的鳥兒都沒有，樹幹底下也完全沒有動物，樹幹旁的地上覆滿一片油膩膩的松針，就連毛毛蟲蚯蠕都不願探出頭來。

溫卡這種生物的習慣很奇怪，他們對世界上的萬物一點感念之意都沒有。他們切麵包的時候沒有絲毫敬意，不會感激大地之神儂內馬普賜予的食物，當他們用金屬怪獸砍伐亙古長存的森林時，不僅對列木的痛苦毫無所覺，也從不為自己的所作所為請求原諒。

他們把我從馬普切人的聚落帶走之後，就認為我一定是隻特別的狗，但我一直以來都想不通爲什麼我會跟其他狗不一樣。沒錯，我體型確實很大也跑得很快，但他們鞭打我的時候，我跟其他的狗一樣會痛；他們把我關到籠裡的時候，我同樣感到倍受羞辱；他們硬拴上的鎖鍊一樣勒得我脖子發疼。

他們試著給我取過些奇怪的名字，例如隊長或巴比之類的，但我從不理會那些名字，後來他們開始叫我「狗」。我唯一的名字是阿夫茂，**大地的子民**以前都是這樣叫我的。

後來他們又辦過好幾次對戰，一邊喝一種令他們變得又笨又殘忍的濁水，一邊要我跟其他狗打架。我站到其他被圈養的狗面前，可我不發動攻擊。我回想起美洲虎納威爾緩慢且悄然無聲的動作，我一面照做，一面盯著狗群的眼睛看，對牠們露出尖牙。和我一樣遭到圈養的可悲同類們紛紛低下頭，夾著尾巴退開了。這時溫卡開始揍我們，咒罵其他狗懦弱膽小，又罵我不該嚇到牠們。

我在那裡度過了好幾個短暫的夏天和漫長的冬季，不是被關在籠子裡，就是被拴在他們用來剷平森林的金屬怪獸旁，唯一的任務就是有陌生人接近時得大聲吠叫，直到發生了一件事，讓我悲慘的囚徒生活變得還能忍受。

有一個溫卡偷了一樣東西，我不知道究竟是什麼東西，不過似乎對他們很重要，他拿了東西後便逃到松樹園裡。領頭的男人下令：「把狗給我帶過來！」，然後他們把那個溫卡蓋過的毯子蹭到我鼻子前。

那毯子聞起來有汗酸味，有那些溫卡喝的濁水的味道。對我來說追那個人的行蹤一點也不難。我帶著他們繞了一段路才找到那個逃跑的人。我本來一下子就可以找到他的，不過我發現這小小的自由能讓我的筋骨恢復活力，讓我的雙眼與雙耳再度雪亮、銳利。我離松樹園的距離越遠，鼻腔越能聞到那些我熟悉的氣味。

自從追捕事件過後，領頭的男人就決定我是他的狗，我不用再被關到籠子裡，也不用再被鎖在那些金屬怪物旁了。

我隨時都要待在他身邊。要是他大吼：「狗，坐下！」，我便坐下。如果他說：「狗，攻擊！」，那我就露出獠牙。有時候領頭的男人和其他溫卡會離開松樹園，進到古老的樹林裡。他們會帶上槍枝，朝林子裡開槍，而我就得衝去找受傷的獵物。我找到後總會站在牠們身前低嗥，說著：「請原諒我，貓頭鷹**亞爾肯**，請原諒我，田鶇**威奇**，請原諒我，鷓鴣**希尤**，請原諒我，斑鳩**麥柯紐**，那些溫卡看到什麼會飛的都想殺。」然後我露出獠牙，一口咬斷牠們的脖子，終結牠們的痛苦掙扎。

從此我成了「狗」。成爲這群不是**大地之子**，被族人稱爲溫卡的領袖的狗。是能夠追尋逃犯蹤跡的狗，是狩獵時能把獵物叼回來，靠吃剩菜過活的狗，是在冬天承受刺骨寒意的狗，是生無可戀，卻必須活到儂內馬普同意才能離世的狗。

我覺得自己又老又疲倦。然而有一天，領頭的男人說他們必須去追捕一個山地人。

「爲什麼？那山地人對我們做了什麼啦？」其中一人問道。

「因爲那山地人很聰明，能識字會讀寫。他很年輕，但已經在帶領馬普切人了，他在鼓勵族人討回土地。」領頭的男人回答道。

「這應該是警察的事才對啊。我們已經把他們趕出家園，現在我們的工作就只有看管用材林而已。」另一個人爭辯道。

「你給我聽好了。我們殺掉老隆柯溫楚拉夫的時候，那山地人看到了。他是目擊者，要是哪天有人來調查的話，那個名叫奧卡曼恩的年輕山地隆柯就可以控告我們，那我們通通都得去坐牢。所以他必須死。」領頭的男人說道。

我聽到奧卡曼恩的名字，感到血液在血管內快速奔流，感到身上的骨頭再度變得堅不可摧，彷彿邁開腳步就能回到那年輕人身旁，我的兄弟貝尼的身旁。就像我們還只是比吉切跟比吉崔瓦，只是小孩跟小狗崽的時候一樣。

隔天這群溫卡把他們的槍枝、食物、喝了會讓人變得兇殘的濁水，還有其他必需品裝上一台卡車。我被關進籠子裡，縮著身體被載走，但我不在乎。

車子在崎嶇的道路上行進了好長一段時間後，停在一座山的斜坡上。一切聞起來都像以前的味道，森林就在附近，這一帶的植物散發出各種美妙的香氣，我還聞到用乾柴生火的味道。一旁有河水流過，緊鄰溪流旁有一處**大地之子**的聚落。一排路喀小屋，大門全向著東方大地普艾馬普，向著太陽安圖每天升起的方向，迎接每天清晨的第一道曙光。

這群溫卡開始鬼鬼祟祟地下山。他們的首領緊抓著套在我脖子上的鎖鍊，還不停地甩著鍊子來提醒我他有多殘酷。這時，我見到他了。

在一小群馬普切男女，在這些**大地的子民**之間，有一個身穿黑紅相間的**瑪昆**斗蓬的年輕人。我一廂情願地想著，黑色和紅色一定是代表高貴和勇氣。那斗蓬或許是他母親金杜萊織的。他頭上同樣戴著黑紅相間的冠帶，一舉一動都跟他的外公溫楚拉夫一模一樣。

奧卡曼恩已經長大了，成爲切，成爲一名青年男子，而我也已是年紀不小的成犬崔瓦了。

溫卡的領袖把我的鎖鍊交給另一個人，然後舉起他手上的槍。

我隨即盡全力放聲吠叫，那一槍擊中奧卡曼恩的一條腿。我看見他倒下又爬起來。跛著腳逃入附近的森林中。列木濃綠的遮蔭掩藏了他的形跡，很快就看不到他的身影了。

地上留有一攤血跡。而這個地方聞起來就跟我記憶中的味道一樣，有乾柴燃燒的味道，有麵包、麵粉、牛奶和蜂蜜的味道。

追捕行動就是這樣展開的，那群溫卡一直在溪邊追到入夜，而我跟他們一樣，豎起耳朵提高警覺地等待著。

第八章

天亮了，雨還繼續下著。我不曉得自己是睡著了，夢到螢火蟲曲戴瑪縷給我看的那些回憶，還是夢到自己睡了一覺。我覺得精力充沛，也忘記了饑餓，因爲在睜開雙眼前，就在眼皮底下看到我螢火蟲姊妹散發出來的柔和綠光。

溫卡的領袖下令繼續追緝，要手下檢查武器，這次只帶必需品以便加速前進，還分配幾瓶喝了就會變兇殘的濁水給他們。

「我們可不想再進竹林了。」其中一人喃喃抱怨著。

「那我們就繞過去。我們已經知道那山地人穿過了竹林，他只可能逃往更高的林地。我們爬得越高森林越稀疏，到時候就能找到他了。」領頭的男人說道。

領頭的男人說的不算全對。儘管證據顯示奧卡曼恩的確有涉水，並一路逃往山上的森林裡，可是溫卡的領袖忽略了他並沒有穿過科立威竹林。然而，越往上樹林確實越稀疏，高大的智利南洋杉佩溫取代了森林，有佩溫的地方，便有岩石、冰河，也是幼鷹囊庫、紅隼達利、禿鷹芒克，還有天獅維努潘天藍色的家鄉。

我再度涉水渡河，游到另一邊的河岸後朝著鵝卵石和竹林的河灘跑過去。我跑得不快，因爲我知道還有很長的路要趕，得保留點體力。我抵達了竹林，等待那群溫卡的腳步聲走近，然後嗅聞地面假裝找線索，吠了幾聲後鑽進茂密的科立威竹林中。我躲在裡面靜靜等待。

不久我便聽到他們的聲音，聽到他們的抱怨和咒罵。

「狗找到線索了。上啊！繞著竹林走。」領頭的男人下令道，我看著他們沿著河流行進。

我知道他們得走很久才會走到竹林盡頭。這片竹子沿著溼潤的河岸一路蔓延開來，儘管竹林茂密的範圍沒有平地森林那麼長，不過那些溫卡還是得走過一大段令人疲憊不堪的路程，才能抵達森林的入口和上山的地方。

我動也不動地等到他們走遠再回到岸邊，返回能找到逃亡者奧卡曼恩足跡的地方。

血跡已經不見了，也許血滴早已被雨水沖刷掉，不然就是被螞蟻**科亞亞**給搬到迷宮般的螞蟻窩裡。也有可能是因爲傷口已經不流血了，這個念頭讓我稍微放心。儘管奧卡曼恩的年紀跟我一樣大，但他年輕力壯，他的身體很快就能復原的。

森林裡放眼望去一片陰暗，沒有什麼光。雷聲特拉坎響了好幾次，表示這場暴風雨還會持續很久。這也令我感到心安，儘管在風雨中更難搜尋奧卡曼恩的足跡，但那些溫卡的路也會更難走、更累人。

我穿梭在森林間，這片林地裡生長著紅色樹幹的南山毛櫸**培英**，樹葉帶有香氣的榛樹**努艾芙**，木材硬得像石頭的山毛櫸**雷悟力**，還有常青的聖樹**弗伊克**。在滂沱大雨中，唯一能聽見的，只有高處傳來的鸚鵡**崔卡威**的叫聲。

我肚子餓得咕嚕咕嚕叫，可我置之不理。清水從巨人大黃的大片葉子上滴下來，我不時喝個幾口，除此之外我幾乎一直把鼻子緊貼在地面。突然間聞到讓我心頭一暖的羊毛味，我開始尋覓，然後在高大樹木的陰影下，山核桃樹**拉拉爾**低矮的枝椏間，我看到一小片黑色的羊毛。

那一小片羊毛聞起來像乾柴，像麵粉、像牛奶與蜂蜜，像我當年所失去的一切。於是我坐下來放聲嚎叫，我嚎叫，爲了讓奧卡曼恩知道我就在附近，準備回到他的身邊。我嚎叫，因爲自內心深處發出的痛苦叫聲，是任誰都永難忘懷。

第九章

奧卡曼恩躲在一棵傾倒的樹下避雨。儘管他在頭上放了幾片巨人大黃的樹葉，但雨水仍從細縫傾流而下，淋得他一身溼。

我慢慢地走上前，這樣他才不會認爲我有危險，不會以爲我是那些溫卡派來的，好讓他有時間認出我來。

年輕的奧卡曼恩警覺到了，他跪立起身，手中的匕首閃著銀光。我認得出恐懼刺鼻的氣味，但他聞起來並不害怕。我繼續湊上前，直到他放下拿著武器的手，讓我挨在他身邊。

「阿夫茂！」奧卡曼恩驚呼道，雙手環抱著我。我舔了舔他的臉頰回應，嚐到他淚水鹹鹹的味道。

我窩進他懷裡，他用我久違的**大地之子**的語言跟我說話，說他從沒忘記我，說他知道總有一天我會回到他身邊。

他是我的貝尼，我的兄弟；我也是他的貝尼，他的兄弟。奧卡曼恩摸了摸我的肚子，發現我餓著，於是掏出了一個羊毛織成的袋子，上面有代表勇氣和高貴的顏色。他從袋子裡倒了些烘過的麥粉出來，用乾淨的雨水調成糊，用他的雙手當碗盛給我吃。我在飽餐一頓之前先向大地的神靈儂內馬普表示感謝。在收割麥穗打成麥粒後，還要有人烘焙研磨才能得來這佳餚。

奧卡曼恩一直抱著我，跟我說我們應該在雨停之前趕緊離開。他聊起我們的從前，說我們會跟以前一樣相伴左右，從此之後不再分開，直到永遠。就在那個時候，我看到他右腿上乾涸的血跡。

他已經把褲子撕開，往傷口敷上了一層苔蘚和石膏製的膏藥。

「傷勢不嚴重，阿夫茂。你的叫聲讓那個溫卡失了準頭。」他邊說邊作勢要坐起來。

傷口的氣味告訴我很快就會有藍蠅普亞蒙被吸引過來，這種蟲會在人類和動物的傷口上產卵孵化成幼蟲。成蟲開始攻擊宿主時會引起發燒和感染。我知道自己得做些什麼，所以我把兩隻前腿搭到他的胸口，用力推他不讓他起身。

「你幹嘛，阿夫茂？我們得趁暴風雨還沒結束前趕快離開這裡。」他驚訝地說道，但我仍不停地用前腳推，推得他重新坐好。

奧卡曼恩看著我的雙眼。他的眼神充滿信任，他知道我絕對不會丟下他不管，也知道我的狗腦袋裡有個想法，但我只能用狗的表情和動作來跟他解釋。在萬物起源之初，大地之靈儂內馬普訂了規矩，動物和人類不能透過言語交流，而是透過眼神來表達情感。誰不會注意到被套上馬轡，喪失自由的馬**卡威爾**眼神中流露出的悲傷？即使是已經馴化的馬兒也一樣。誰能忽略被人從草原拉來，套上軛頭的**曼蘇爾**牛眼中沉重的目光？而當人們仰望蒼穹間的王者，禿鷹芒克的雙眼時，又有誰不會意識到自身的渺小呢？

我定定地望著我的兄弟貝尼，他頭上戴著屬於隆柯的頭飾，代表他是最博學的人，在部落裡扮演傳道解惑的角色。在象徵勇氣與高貴的色彩襯托下，他睜大的雙眼就像兩道黑色的亮光。

「沒關係，阿夫茂。我就待在這裡。」奧卡曼恩說道，於是我回頭往河流的方向奔去，朝那些溫卡暫時卸下帶不動的行李方向奔去。

大雨仍持續下著。就讓雷電特拉坎繼續敲響那恐怖的雷聲吧！無論如何，對於從小跟著**大地之子**長大的我來說，雷聲是嚇不倒我的。

第十章

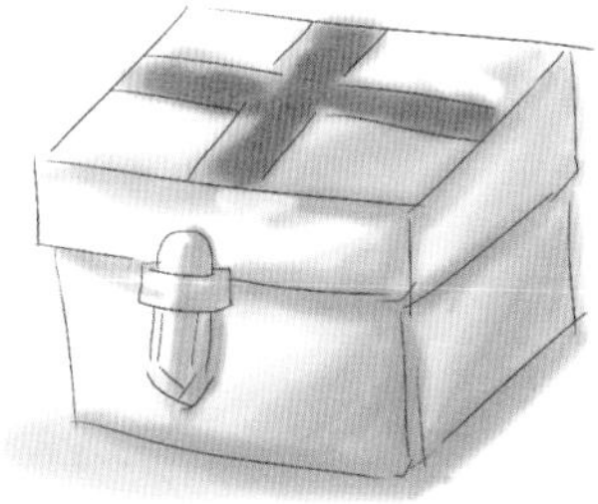

溫卡留下了好幾包東西，上面蓋著用來避雨的橡膠布。我用前腿和尖牙把布撕開，找到了幾瓶會讓他們變得殘暴的濁水、潮溼的麵包，還有槍枝的子彈。我繼續撕，咬開好幾個袋子後，終於找到有一條直線和一條橫線交叉的盒子。

這盒子不太重，我可以輕鬆地用牙齒叼著，不過在我返回奧卡曼恩身邊前，我先把所有的袋子都通通撕碎。

我知道大雨會毀了這群溫卡帶的備品，他們會大發雷霆，憎恨彼此。爲了造成他們更大的損失，我還叼起會讓他們變得殘暴的濁水，一瓶一瓶地丟到河裡去。在沒有濁水又沒有備品的情況下，他們一定得離開，這樣我就可以帶著奧卡曼恩到屬於佩溫切的地方，他們能在那裡治好他的傷口。

我一邊這麼想著，一邊開心地大肆破壞，忘了提高警覺。當我聽到有溫卡在附近時，已經來不及了。

「該死的狗！」其中一人吼道。

他們只有兩個人，後面沒有其他人跟著。其中一人的腿受傷了，只能勉強用槍桿撐著身體。另一個人舉起槍來，我朝他身上撲過去。開槍的聲音就像雷電特拉坎震耳的雷聲轟隆作響，我感到胸口一陣劇痛，但疼痛並未阻止我撲向前，我兩條前腿撞上那名溫卡，他掉進河裡，手一鬆，槍也握不住了。他開始往岸邊跑，這時我痛得幾乎站不起來，從我胸口湧出的血液，一滴滴地流入浸潤著鵝卵石的河水。

另一名溫卡也逃走了，我看著他拿槍桿撐在岸邊的泥濘裡，一拐

一拐地離開。

我聽見一道聲音，但我的耳朵卻沒辦法判別聲音是從哪裡來的，這聲音命令我別管溫卡了，要我站起來，叼著有一條直線跟一條橫線交叉的盒子，趕快回到奧卡曼恩躲藏的地方去。

或許那聲音是來自保護大地的列木森林之聲。或許是儂內馬普的聲音，提醒著我的名字叫阿夫茂——忠誠信實的意思——告訴我應該要表現得像**大地之子**賦予我的名字一樣。

我涉水渡河，冰涼的河水減輕了傷口的疼痛，然而當我從另一頭上岸時，胸口仍一滴滴地淌著血，我的生命力也隨著鮮血逐漸流逝。

我奮力奔跑著，樹木似乎也在爲我開路。儂內馬普下令，叫柔軟的蕨類**昂培**在我經過時清理我胸前的傷口；要小鹿**衛木爾**用牠溫柔的眼神鼓勵我；讓啄木鳥𠷕𠷕往奧卡曼恩躲藏的地方傳送希望之音。

我拚命地跑。我四隻腳踏地時已沒有知覺，我不曉得空氣是否有進入鼻腔，不知道除了森林的濃綠之外，雙眼能否看見其他的東西，直到我筋疲力盡倒地爲止，我聽到奧卡曼恩的聲音。

「阿夫茂！」他抱著我說道，我放下有一條直線和一條橫線交叉圖案的盒子。

我聞到羊毛甜美的氣味，我半睜著眼，勉強辨認出裹著我的斗蓬上，有代表高貴和勇氣的紅色和黑色。我已經感受不到疼痛了，因爲奧卡曼恩已打開盒子，從中取出一種白色的粉末敷在他的傷口上，接著立刻拿一塊白布裹在腿上，我看著他這麼做，覺得彷彿自己的傷口都癒合了一樣。

空氣緩緩地停住了，再也不需要進入我的肺部。奧卡曼恩輕輕撫著我，用**大地之子**甜美的語言說我是他的貝尼，是他名叫阿夫茂，忠誠又信實的兄弟，對我訴說在很久以前，我們都還只是小孩比吉切跟小狗崽比吉崔瓦的時候，一起在河流與樹林庇佑下長大的童年。

一股強大的平靜感充盈著我，我從體內深處聽到儂內馬普的聲音，那聲音跟長者溫楚拉夫的嗓音一模一樣，跟我說時間到了，該展開偉大的旅程了，但在我踏出第一步前，我最後一次聽到我的貝尼，我馬普切人兄弟的聲音。

奧卡曼恩把我抱在懷裡說道：**馬里其衛吾貝尼**。**兄弟啊，我們會變得比以前更強大十倍**。這是**大地的子民**彼此道別的方式，他們從不說再見。

我是阿夫茂，這是屬於一隻狗的回憶。當南方的雲霧籠罩**大地之子**的國度時，他們便會在瓦瑪埔的路喀小屋裡講述我的故事。

二零一五年七月寫於希洪。**伊屯喁威奇屈顏**，田鶇開始啼叫的月份——馬普切曆的第二個月。

馬普切語詞彙對照表

Aukamañ：奧卡曼恩，自由的神鷲。

Aliwen：阿里溫，樹。

Aufman：阿夫茂，忠誠信實的。

Alka：阿爾卡，公雞。

Antü：安圖，太陽。

Añpe：昂培，蕨類。

Ayekantun：阿葉坎屯，部落的聚會，族人在此講述和傳唱歷史故事。

Che：切，族人、男子。

Chedki：切德奇，媽媽的父親——外公。

Chinge：輕赫，小狐狸。

Diweñe：迪維聶，長在橡樹枝頭的甜美菌菇。

Foike：弗伊克，冬木——馬普切人的聖樹。

Kallfütray：卡夫特雷，「來自上天的聲音」。

Kallfukura：卡富庫拉，藍色巨石——傳說中馬普切族偉大領袖的名號。

Kawell：卡威爾，馬。

Kay kay filu：凱伊凱伊大蛇，掌管大地、高山與火山的大蛇。

këlikëli：逵利逵利，紅隼。

Kofke：科夫凱，糧食。

Kollalla：科亞亞，螞蟻。

Koliwe：科立威，竹子。

Konkon：孔孔，雕鴞。

Kuyen：屈顏，月亮。

Kultrun：庫爾特隆，馬普切人在儀式中使用的小鼓。

Küdemallü：曲戴瑪縷，螢火蟲。

Lafken mapu：邋腐肯馬普，西方的惡靈之地。

Lakonn：拉孔，死亡。

Leufü：流浮，河流。

Lemu：列木，森林。

Longko：隆柯，馬普切族的頭目，負責領導和提出建議。

Luma：露瑪，桃金孃——為一種常綠灌木。

Llungki：滽其，青蛙。

Mamüll：馬木爾，乾柴。

Mapu：馬普，大地。

Mapudungun：馬普切語，大地的子民所說的語言。

Mari mari chaw：馬里馬里朝，父親早安。

Mari mari ñawe：馬里馬里妮亞薇，女兒早安。

Mari mari kompu che：馬里馬里孔普切，大家早安。

Makuñ：瑪昆，斗蓬。

Mansur：曼蘇爾，牛。

Mañke：芒克，禿鷹。

Maykoño：麥柯紐，斑鳩。

Monwen：蒙溫，生命。

Nawel：納威爾，美洲虎。

Nawelfüta：納威爾富塔，巨大的美洲虎。

Nguefü：努艾芙，榛樹。

Ngünemapu：儂內馬普，掌管大地一切生物的神靈。

Ñamku：囊庫，幼鷹。

Pelliñ：培英，紅色樹幹的南山毛櫸。

Peñi：貝尼，兄弟。

Pewen：佩溫，智利南洋杉的樹名和果實都叫佩溫。

Pewenche：佩溫切，佩溫人之意，屬於馬普切人一支。

Piru：蚍蠕，一種蠕蟲。

Pichi：比吉，幼小的。

Pichiche：比吉切，小孩。

Pichitrewa：比吉崔瓦，小狗崽、幼犬。

Pikunmapu：鄙困馬普，北方大地的名稱，厄運之土。

Pinüyke：平紐凱，蝙蝠。

Puelmapu：普艾馬普，東方大地。

Püllameñ：普亞蒙，藍蠅。

Raral：拉拉爾，山核桃樹。

Rere：磊磊，啄木鳥。

Rewli：雷悟力，高山山毛櫸。

Ruka：路喀，馬普切人的小屋。

Sillo：希尤，鷓鴣。

Tralkan：特拉坎，打雷。

Trewa：崔瓦，狗。

Trikawe：崔卡威，鸚鵡。

Trengtreng filu：特蘭特蘭大蛇，掌管海洋的大蛇。

Tunduku：屯杜庫，山鼠。

Ufisa：烏非薩，綿羊。

Walle：瓦列，橡樹。

Waren：瓦蘭，老鼠。

Wenchulaf：溫楚拉夫，幸福快樂的男子。

Wenupang：維努潘，天空之獅。

Wemul：衛木爾，小鹿。

Wigña：維格納，山貓。

Wingka：溫卡，外來者，不屬於馬普切族的人。

Wilki：威奇，田鶇。

Yarken：亞爾肯，貓頭鷹。

馬普切曆中一年的十三個月

六月二十一日至七月十八日

威崔潘圖屈顏（We tripantu küyen），新年的第一個月。

七月十九日至八月十五日

伊屯喁威奇屈顏（Llitun ül wilki küyen），田鶇開始啼叫的月份。

八月十六日至九月十二日

伊屯波夫波夫阿紐卡屈顏（Llitun pofpof anümka küyen），播種的植物種子開始發芽的月份。

九月十三日至十月十日

拉研阿瓦爾屈顏（Rayen awar küyen），蠶豆開花的月份。

十月十一日至十一月七日

羅格孔卡奇亞屈顏（Langkon kachilla küyen），穀類開始結穗的月份。

十一月八日至十二月五日

卡呂卡奇亞屈顏（Karü kachilla küyen），長滿綠色稻穗的月份。

十二月六日至一月二日

庫戴瓦雲屈顏（Kudewallüng küyen），螢火蟲出現的月份。

一月三日至一月三十日

普拉穆溫卡奇亞屈顏（Püramuwün kachilla küyen），收穫的月份。

一月三十一日至二月二十七日

村塔呂屈顏（Trüntarü küyen），白蟻出現的月份。

二月二十八日至三月二十七日

紐乙武屈顏（Ngülliw küyen），盛產堅果的月份。

三月二十八日至四月二十四日

瑪英扣屈顏（Malliñ ko küyen），溼地降雨的月份。

四月二十五日至五月二十二日

川格陵屈顏（Tranglin̈ küyen），寒冷降雪的月份。

五月二十三日至六月十九日

瑪溫區呂夫屈顏（Mawün kürüf küyen），颳風下雨的月份。

國家圖書館出版品預行編目資料

忠犬人生 / 路易斯 ・ 賽普維達（Luis Sepúlveda）著；
馮丞云譯；徐家麟、歐昭佩繪 . -- 初版 . -- 臺中市：
晨星，2017.02

面；　公分.--（蘋果文庫；84）

譯自：Historia de un perro llamado Leal

ISBN 978-986-443-226-4（平裝）

878.59　　　　　　　　　　　　105024163

蘋果文庫 084

忠犬人生

作者 | 路易斯・塞普維達（Luis Sepúlveda）
譯者 | 馮丞云
繪者 | 徐家麟、小圖繪者 | 歐昭佩
編輯 | 呂曉婕、校對 | 蔡曉薇、陳品蓉、呂曉婕
封面設計 | 黃裴文、美術編輯 | 黃偵瑜

創辦人 | 陳銘民
發行所 | 晨星出版有限公司、台中市407工業區30路1號
TEL:(04)23595820　FAX:(04)23550581
E-mail:service@morningstar.com.tw
http://www.morningstar.com.tw
行政院新聞局局版台業字第2500號

法律顧問 | 陳思成律師
郵政劃撥 | 22326758（晨星出版有限公司）
讀者服務專線 | 04-23595819#230
初版 | 西元2017年02月15日
印刷 | 上好印刷股份有限公司

ISBN | 978-986-443-226-4
定價 | 199元